AF356023

15 Juin 1914

ANTIQUITÉS D'ORIENT

Beaux Verres irisés de Syrie

BELLES FAÏENCES DE FOUILLES

DE SYRIE ET DE PERSE

Potiches et grands Plats de Perse

TERRES CUITES, BRONZES & MARBRES

DE GRÈCE & D'ÉGYPTE

Broderies, Soieries, Gilets et Toiles imprimées de Perse

OBJETS VARIÉS

Beaux Tapis de Perse et d'Orient

DONT LA **VENTE** AURA LIEU

HOTEL DROUOT — SALLE N° 5

Le Lundi 15 Juin 1914

à 2 heures précises

COMMISSAIRE-PRISEUR :	EXPERT-ANTIQUAIRE :
Me G. FRANÇOIS	M. E. D. PIGNATELLIS
23, Rue Le Peletier, 23	10, Rue de Montpensier, 10

CHEZ LESQUELS SE DISTRIBUE LE CATALOGUE

EXPOSITION PUBLIQUE

A L'HOTEL DROUOT, le Dimanche 14 Juin 1914, de 2 h. à 6 h.

NOTA. — Les TAPIS et BRODERIES seront vendus à 4 h. 45

C. Chaufour, Imprim.
6-8, Rue Millon, Paris

CONDITIONS DE LA VENTE

La vente sera faite expressément *au comptant*.

Les acquéreurs paieront **dix pour cent en sus** *des prix d'adjudication*.

M E. D. Pignatellis, expert, assistera à l'Exposition publique et se tiendra à la disposition de MM. les amateurs qui auraient un renseignement à lui demander ou des ordres d'achat à lui confier.

L'ordre des numéros du catalogue pourra ne pas être suivi.

Les TAPIS et BRODERIES seront vendus à 4 heures 45.

DÉSIGNATION

VERRES ROMAINS ET ARABES IRISÉS
PROVENANT DE FOUILLES DE SYRIE

1 — *LÉCYTHE*. Belle irisation verte rouge-feu argentée.

Haut.: 0m05.

2 — *GOBELET*. Superbe irisation argentée.

Haut. : 0m11.

3 — Beau *FLACON* à panse composée de deux figures de femmes adossées, verre jaune.

Haut. : 0m08.

4 — *VASE* à plusieurs anses, verre marron.

Haut. : 0m08.

4 *bis* — Deux *VASES* irisés.

Haut. : 0m09.

5 — *BOL*. Magnifiquement irisé.

Diam. : 0m11.

5 *bis* — Beau *VERRE* à *boire*. Irisation argentée.

Haut. : 0m10.

6 — Belle *COUPE*. Superbement irisée vert, mauve, rouge feu.

Diam. : 0m085.

7 — Beau *VASE* à dépression sur la panse. Irisation argentée.

Haut. : 0m09.

8 — *VASE* à dépression sur la panse, verre grenat.

Haut. : 0m085.

9 — *FLACONS-JUMEAUX* à plusieurs anses. Irisés.

Haut. : 0ᵐ115.

10 — *VERRE* à *boire* et *VASE*. Irisés.

Haut. : 0ᵐo55.

11 — *BOUTEILLE* jaune et *LÉCYTHE*. Irisés.

Haut. : 0ᵐ13 et 0ᵐo9.

11 *bis* — *FLACON cylindrique* phénicien.

Haut. : 0ᵐo85.

12 — *BOUTEILLE* piriforme longue. Irisation verte, mauve argentée.

Haut. : 0ᵐ11.

13 — *BOUTEILLE* piriforme, goulot en entonnoir orné de moulures et sur la panse cannelures verticales et pointillées. Irisation nacrée.

Haut. : 0ᵐ11.

14 — Deux *BRACELETS* phéniciens polychromes. Irisés.

14 *bis* — *BOUTEILLE* piriforme, cannelures circulaires sur la panse. Belle irisation verte, mauve, multicolore.

Haut. : 0ᵐo9.

15 — Superbe *FLACON* moulé, pomiforme, revêtu d'un réseau de losanges qui ressemblent à un grillage ou aux mailles d'un filet. Goulot en entonnoir orné de moulures. Parois épaisses. Très belle irisation argentée.

Haut. : 0ᵐ11.

16 — *GOBELET* arabe. Irisé.

Haut. : 0ᵐ13.

16 *bis* — Superbe *BOUTEILLE* piriforme à goulot long. Magnifique irisation verte, mauve, rouge argentée.

Haut. : 0ᵐ10.

17 — *FLACON* long et étroit. Irisation multicolore.

Haut. : 0ᵐ15.

18 — Petit *FLACON* long. Belle irisation multicolore.

Haut. : 0ᵐo9.

19 — *BOUTEILLE* pomiforme, goulot peu évasé. Belle irisation à reflets.

Haut. : 0ᵐ13.

20 — Superbe *VASE*, goulot en entonnoir orné de moulures et cannelures verticales sur la partie basse de la panse. verre grenat à superbes irisations mauves et vertes.

Haut. : 0ᵐ10.

20 *bis* — Beau *FLACON* pomiforme. Belle irisation verte multicolore.

Haut. : 0ᵐ09.

21 — Petit *FLACON* piriforme avec épines sur la panse. Belle irisation dorée et nacrée.

Haut. : 0ᵐ075.

22 — *FLACON* pomiforme, cannelures verticales sur la panse. Superbe irisation mauve, verte et bleue.

Haut. : 0ᵐ08.

22 *bis* — Beaux *FLACONS-JUMEAUX* à deux petites ansés. cannelures en spirale sur la panse. Superbe irisation multicolore.

Haut. : 0ᵐ135.

23 — Petit *VASE*, verre jaunâtre. Irisation dorée et nacrée.

Haut. : 0ᵐ07.

24 — Petit *AMPHORE*, verre bleu irisé.

Haut. : 0ᵐ055

25 — Petit *VASE* pomiforme. Belle irisation multicolore.

Haut. : 0ᵐ06.

26 — Petit *FLACON*, cannelures verticales sur la panse. Très belle irisation multicolore.

Haut. : 0ᵐ065.

27 — Petit *FLACON* pomiforme, goulot étroit, trois lignes superposées d'appendices sur la panse. Superbe irisation multicolore.

Haut. : 0ᵐ065

28 — Petit *FLACON* piriforme. Irisé.

Haut. : 0ᵐ075.

28 *bis* — Beau *VASE*, décor quadrilatéral en relief sur la panse. Belle irisation multicolore.

Haut. : 0ᵐ075.

29 — Superbe *BOUTEILLE* pomiforme, goulot en entonnoir. décor floral et quadrilatéral en relief sur la panse. Magnifique irisation verte multicolore.

Haut. : 0ᵐ11.

3o — *BOUTEILLE* pomiforme, goulot évasé, décor en relief sur la panse. Belle irisation verte multicolore.

Haut. : o^mo9.

3o *bis* — Très beau *LÉCYTHE* grenat, magnifique irisation bleue, verte multicolore.

Haut. : o^m13.

31 — *LÉCYTHE*, verre jaunâtre. Belle irisation à reflets.

Haut. : o^m14.

31 *bis* — *Superbe BOUTEILLE PIRIFORME*, extra magnifique, irisation verte, mauve, grenat, polychrome. Pièce très intéressante de collection.

Haut. : o^m18.

32 — *BOL*, verre bleu irisé.

Diam. : o^mo85.

32 *bis* — *DATTE*, verre jaune irisé.

Haut. : o^mo7.

33 — *BIBERON* forme oiseau. Belle irisation nacrée et argentée.

34 — *BOUTEILLE* pomiforme verre grenat. Superbe irisation multicolore.

Haut. : o^m10.

34 *bis* — Beau *FLACON* piriforme, irisation verte, mauve et multicolore.

Haut. : o^m10.

35 — *VASE* irisé.

Haut. : o^mo75.

36 — *PORTE-PARFUM* arabe. Irisation multicolore.

Haut. : o^m12.

36 *bis* — Beau *FLACON* pomiforme. Superbe irisation verte, rouge feu.

Haut. : o^mo8.

37 — *BOUTEILLE* arabe, verre réséda, décor en relief sur la panse.

Haut. : o^m12.

37 *bis* — *VERRE* à *boire*, ornements en relief, belle irisation multicolore dorée.

Haut. : o^m11

38 — Belle et petite *BOUTEILLE* piriforme, goulot évasé. Irisation verte multicolore.

Haut.: 0^m08.

38 *bis* — Beau *GOBELET*, magnifiquement irisé.

Haut. : 0^m09.

39 — Beau *LÉCYTHE*, tours de spirale sur le col. Superbe irisation multicolore rouge feu.

Haut. : 0^m13.

40 — Petit *BOL* bien irisé.

Diam. : 0^m065.

40 *bis* — *FLACON* pomiforme à panse se formant de deux figures de femmes adossées. Verre jaune irisé.

Haut. : 0^m085.

41 — *FLACON* pomiforme, irisation verte multicolore.

Haut. : 0^m075.

41 *bis* — Superbe *FLACON* piriforme, en verre grenat orné de dessins blancs simulant le marbre. Rare irisation verte, mauve, rouge-feu argentée. Pièce de collection très intéressante.

Haut. : 0^m08.

42 — *FLACONS-JUMEAUX* à deux petites anses, tours de spirale sur la panse, irisation multicolore.

Haut. : 0^m13.

43 — *COLLIER* en perles régulières cornaline.

43 *bis* — *VASE* pomiforme, décor quadrilatéral en relief sur la panse, superbe irisation verte, rouge feu.

Haut. : 0^m09.

44 — *COLLIER* en perles verre jaunâtre irisé.

44 *bis* — *BOUTEILLE* piriforme, cannelures verticales sur la panse, irisation multicolore argentée.

Haut. : 0^m22.

45 — *COLLIER* en perles verre phénicien.

46 — *Deux COLLIERS* en perles assorties.

46 *bis* — Beau *FLACON* pomiforme, goulot évasé. Belle irisation verte multicolore.

Haut. : 0^m07.

47 — *COLLIER* en petites perles verre noir irisé multicolore.

48 — *Beau BRACELET*, verre bleu superbement irisé.

48 *bis* — *Beau FLACON*, goulot évasé, belle irisation verte multicolore.

Haut. : 0m08.

49 — Deux verres irisés : *Bel AMPHORE* bleu et *FLACON* piriforme à cannelures circulaires sur la panse.

Haut. : 0m10.

49 *bis* — *Beau LECYTHE,* cannelures circulaires sur la panse. Belle irisation verte multicolore.

Haut. : 0m10.

FAIENCES RAKKA DE FOUILLES DE SYRIE
XIIIe & XIVe SIÈCLES

50 — *Petit et beau BOL* émaillé, décor noir sur fond crème avec extra superbe irisation.

51 — *Superbe ŒNOCHOÉ* émaillée, décor noir sur fond turquoise irisé.

52 — *CHANDELIER*, décor noir sur fond turquoise bien irisé. Pièce intéressante.

53 — *ŒNOCHOÉ* turquoise magnifiquement irisée.

54 — *BOL* turquoise irisé.

55 — *VASE* à anse turquoise, superbe irisation dorée.

56 — *Petite JARDINIÈRE*, décor noir sur fond turquoise.

57 — *VASE* à quatre anses, beau décor noir sur fond turquoise irisé.

58 — *Deux ŒNOCHOÉS*, une turquoise irisée, et une à reflets métalliques.

59 — *Beau BOL* à reflets métalliques, décor dessins et inscriptions arabiques.

6o — *Beau BOL* à reflets métalliques, décor dessins et inscriptions arabiques.

61 — *Superbe et petite CARAFE* à reflets métalliques, décor
dessins et inscriptions arabiques. Très intéressante pièce de
collection.

62 — *PLAT*, décor bleu et noir sur fond crème irisé.

63 — *Beau et petit VASE* crème, magnifiquement irisé.

FAIENCES DE FOUILLES DE PERSE

XIIᵉ AU XIVᵉ SIÈCLES

64 — *BOL Rhagès*, décor polychrome sujets six personnages et
inscriptions coufiques.

65 — *BOL* à reflets métalliques, décor sujets quatre personnages
et inscriptions coufiques.

66 — *BOL Rhagès,* beau décor doré et inscription coufique sur
fond crème.

67 — *ASSIETTE Rey*, décor bleu et noir et inscriptions arabiques
sur fond crème irisé.

68 — *BOL Rey*, décor noir, le soleil et étoiles et inscriptions arabiques sur fond turquoise.

69 — *BOL Rey,* très beau décor bleu et noir et inscriptions arabiques sur fond crème irisé.

70 — *Deux BOLS* à jour, décor quatre rayures bleuâtres sur
fond crème.

71 — *VASE* cylindrique bleuâtre.

72 — *BOL Sultanabad,* décor noir sur fond turquoise irisé.

73 — *VASE* à anse Guébry à reflets métalliques sur la panse,
inscriptions arabiques. Intéressante pièce.

74 — *BOL* turquoise, décor en relief à l'extérieur.

75 — *BOL* bleu à reflets métalliques, décor sujet animal.

76 — *VASE* à anse crème.

77 — *BOL* émaillé, décor, inscription arabique verte sur fond noir.

78 — *BOL* octogone turquoise, à l'extérieur décor en relief sujets cavaliers et animaux.

79 — *Beau BOL* bleu, décor gravé.

80 — *Deux petits BOLS*, un à jour crème avec quatre rayures bleues et l'autre vert.

81 — *Beau BOL* à reflets métalliques décor sujets animaux, oiseaux et inscription coufique.

82 — *BOL*, décor noir et bleu et inscription arabique sur fond crème irisé.

83 — *BOL* profond, à l'intérieur lapis, et, à l'extérieur à reflets métalliques.

84 — *Petit BOL* tricolore à reflets métalliques.

85 — *BOL* profond crème, à l'extérieur quatre rayures bleues.

86 — *BOL Sultanabad*, décor rayures circulaires noir sur fond turquoise.

87 — *Deux petits BOLS* bleus.

88 — *ASSIETTE*, cinq rayures bleues sur fond crème.

89 — *Deux petits BOLS*, un turquoise et un Rhagès à décor polychrome.

90 — *BOL* blanc.

91 — *BOL Rhagès*, décor polychrome sujets deux cavaliers sur chameau, oiseaux et inscription coufique.

92 — *CHAMEAU Sultanabad*, décor noir sur fond turquoise irisé.

93 — *VASE* à anse turquoise.

94 — *BOL*, décor vert sur fond noir.

95 — *Grand PLAT Guébry*, décor vert sur fond crème.

96 — *BOL* à reflets métalliques. décor sujet personnage et inscription coufique.

97 — *Grand BOL* turquoise. à l'extérieur décor en relief.

98 — *BOL Rhagès*, beau décor polychrome et décoré et inscription coufique, sur fond blanc.

99 — *Petit PORTE-MONNAIE* turquoise, décor gravé.

100 — *BOL* à reflets métalliques, décor sujets deux personnages.

101 — *BOL* à reflets métalliques.

102 — *BOL Guébry* vert, décor gravé.

103 — *Petit BOL Sultanabad*, décor rayures noires et bleues sur fond verdâtre.

104 — *Deux BOLS Guébry* crème à décors variés.

105 — *BOL* tricolore à reflets métalliques, décor deux personnages.

106 — *Grand BOL*, beau décor vert et marron sur fond crème.

107 — *ÉTOILE Rhagès*, décor bleu en relief et doré.

108 — *BOL Guébry*, décor jaune sur fond rouge.

109 — *Grand BOL* turquoise.

110 — *Grand BOL Guébry*, décor marron sur fond rougeâtre.

111 — *Grand BOL* turquoise.

112 — *PERSONNAGE* assis à reflets métalliques.

113 — *Deux BOLS* blancs.

114 — *VASE* à anse terre cuite, décor en relief.

115 — *Petite CARAFE* verte Guébry.

116 — *VASE* turquoise irisé.

117 — *VASE* vert Guébry.

118 — *VASE* jaune Guébry.

119 — **BOL** profond, à l'intérieur lapis et à l'extérieur à reflets métalliques.

120 — **BOL** *Rey*, décor bleu sur fond blanc.

121 — **BOL** *Rhagès*, décor polychrome, sujets huit personnages et inscriptions coufiques sur fond blanc.

122 — *Petit* **COMPOTIER** à reflets métalliques, décor sujets deux cavaliers, deux animaux et inscription coufique.

123 — **VASE** à anse à reflets métalliques.

124 — **BOL** *Aragh*, beau décor bleu et noir, au milieu sujet oiseau à tête de femme et sur la panse inscription coufique, sur fond crème.

125 — **VASE** à anse à reflets métalliques, décor sur la panse sujets cinq cavaliers, et inscription confique.

126 — **ASSIETTE** hexagone à reflets métalliques, décor sujet figures et inscription coufique.

127 — **BOL** à reflets métalliques, décor sujets trois personnages.

128 — **JARDINIÈRE** lapis Rey, décor en relief, sujets six animaux.

129 — **AIGUIÈRE** turquoise, décor en relief sujets personnages, animaux et inscription coufique.

130 — **LION** *Rey*, beau décor noir sur fond turquoise, intéressante pièce.

131 — *Beau* **VASE** à anse à reflets métalliques, beau décor et trois personnages sur la panse et inscriptions coufiques sur l'anse et à l'intérieur du goulot. Intéressante pièce.

132 — *Beau* **PLAT** *Rey* crème à rayures verticales bleues et belles irisations argentées dorées. Intéressante pièce.

133 — *Superbe* **BONBONNIÈRE** *Rey* turquoise, très beau décor à jour. Rare pièce de collection.

134 — **JARRE** à quatre anses *Rey* turquoise, décor gravé. Belle pièce décorative.

135 — *Belle CARAFE Rey* crème à décor en relief et cinq rayures bleues sur la panse et à goulot en forme rose. Intéressante et belle pièce.

136 — *Beau et grand BOL Sultanabad* turquoise à décor noir, sujets poissons et beaux dessins. Intéressante et très décorative pièce.

137 — *Beau et grand BOL* à reflets métalliques, rare décor fleurs. Intéressante pièce de collection.

138 — *Petit VASE* à anse, verdâtre, à rayures verticales noires et petit *BOL* gris à beau décor noir et belles irisations dorées.

139 — *Grand VASE* à six anses *Sultanabad* turquoise irisé.

140 — *Petit VASE* à deux anses *Sultanabad* turquoise irisé.

141 — *BOL* profond à six anses en terre cuite, à l'intérieur émaillé turquoise.

142 — *BOL-ŒNOCHOÉ* à trois anses *Rey* turquoise.

143 — *VASE* à anse pourpre.

144 à 15 — *BOLS* et *VASES Rey* à décors variés.

ANTIQUITÉS ROMAINES, GRECQUES

ÉGYPTIENNES, etc.

151 *JUPITER SÉRAPIS*, petit buste en albâtre.

152 — *Fragment de BAS-RELIEF* représentant une femme. Marbre.

153 — *Grande TÊTE d'homme* barbu. Terre cuite.

154 — *Deux STATUETTES* et trois *VASES* coptes. Terres cuites.

155 — *RHYTON*, figure de femme. Terre cuite.

156 — *STATUETTE* de jeune homme. Bronze.

157 — *BAS-RELIEF* représentant jeune homme. Marbre.

0^m77 sur 0^m40.

158 — *TÊTE de femme*. Pierre noire.

159 — *CVLIX* peint, décor noit et blanc. sujets personnages sur fond rouge.

160 — *ARYBALLOS* athénien peint, décor noir et blanc. sujets personnages sur fond rouge.

161 — *Deux MIROIRS* à pied. Bronze.

161 *bis* — *Petit GOBELET* préhistorique. Albâtre.

162 — *Six fragments de TERRES-CUITES* émaillées turquoise.

162 *bis* — *STATUETTES* jumelles d'*URAEUS*. Bronzes.

163 — *Statuette d'OSIRIS*. Bronze.

163 *bis* — *OBÉLISQUE* avec inscriptions hiéroglyphiques. Ivoire.

164 — *Lot de SILEX*.

164 *bis* — *ÉPERVIER*, terre cuite émaillée turquoise.

165 — *Deux ŒNOCHOÉS*, terres cuites.

166 — *ŒNOCHOÉ* émaillée noire et *BOUTEILLE* à décor noir et blanc. Terres cuites.

167 — *TORSE* archaïque. Pierre tendre.

168 à 170 — *VASES* peints à décors variés.

POTICHES DE PERSE, LAQUES, ETC.

171 à 176 — *Petites POTICHES* turquoise à décor noir.

177 à 180 — *POTICHES* turquoise à décor noir.

181 à 184 — *Grandes POTICHES* orange à décor bleu. sujets personnages, animaux, oiseaux et fleurs,

184 *bis* — *Trois énormes PLATS* émaillés, deux turquoise et un vert olive.

> (Ce lot sera divisé).

185 à 188 — *Grandes POTICHES* orange à décor bleu, sujets personnages, animaux, oiseaux, feuillage et fleurs.

188 *bis* — *Trois PLATS* émaillés, décor bleu et noir ou bleu sur fond blanc.

189 — *AMPHORE* turquoise.

189 *bis* — *Grande POTICHE*, décor noir sur fond turquoise.

190 — *Trois PLUMIERS* laque de Perse polychrome.

191 — *Deux MINIATURES* polychromes. Encadrées.

TAPIS DE PERSE ET D'ORIENT

192 — *Tapis SINNEH* double face à fond crème.

> 1m90 sur 1m40.

193 — *Tapis DAGHESTAN*, dessin polychrome.

> 1m65 sur 1m10.

194 — *Tapis d'ORIENT* à fond rose.

> 1m65 sur 1m.

195 — *Portière de SYRIE* double face à fond rouge et bordure jaune.

> 3m25 sur 1m20.

196 — *Portière ancienne de DIARBEKIR* brodée.

> 4m50 sur 1m60.

197 — *Tapis de KOULA* à fond jaune, médaillon.

> 1m75 sur 1m20.

198 — *Tapis de DAGHESTAN* à fond rouge.

> 1m18 sur 0m95.

199 — *Tapis de prière de KOULA* à fond rouge.

> 1m45 sur 0m85.

200 — *Tapis d'ANATOLIE.*

1m60 sur 1m05.

201 — *Tapis de DAGHESTAN.*

1m80 sur 1m15.

202 — *Tapis de KOULA* à fond rouge.

1m90 sur 1m15.

203 — *Tapis de galerie de MOUSSOUL.*

2m30 sur 0m8 .

204 — *Tapis de FÉRAHAN* à fond bleu.

1m90 sur 1m17.

205 — *Tapis de FÉRAHAN* à fond rouge et petits dessins.

4m sur 1m70.

206 — *Tapis de KHORASSAN* à fond bleu et petits dessins.

4m10 sur 1m90.

207 — *Tapis de CHIRAZ* à palmes.

3m15 sur 1m80.

208 — *Tapis INDIEN* à fond crème, dessin fleurs.

2m90 sur 2m55.

209 — *Grand tapis de SMYRNE,* dessin médaillon.

4m90 sur 3m20.

210 — *Superbe TAPIS de BOUKHARA,* très fin et très beau dessin polychrome de carrelage sur fond grenat, très belle et large bordure à fin dessin polychrome sur fond grenat. Très intéressant et beau tapis souple et velouté.

3m10 sur 2m02.

211 — *Superbe TAPIS de FERAHAN* ancien, beau dessin serré et polychrome sur fond bleu foncé. Très belle bordure à fond rouge. Très intéressant tapis.

3m70 sur 1m85.

212 — *Très beau tapis de MECHED,* à fond crème et dessin bouquets de fleurs. Jolis angles à fond rose et belles bordures.

3m50 sur 2m25.

213 — *Tapis de galerie de BAKCHAICHE,* dessin polychrome sur fond brun. Bordures rouges et bleues.

4m35 sur 1 m.

214 — *Tapis de galerie de BAKCHAICHE*, beau et curieux dessin polychrome à médaillon et angles.

3ᵐ90 sur 0ᵐ95.

215 — *Tapis de galerie de MOUCHEDEM*, dessin fin et curieux à médaillon, avec compartiment à fond chamois. Pièce intéressante.

3ᵐ10 sur 1ᵐ90.

216 — *Tapis de prière de SERABAND*, dessin palmettes sur fond rose. Belle bordure sur fond orange. Tapis souple.

1ᵐ84 sur 1ᵐ10.

217 — *Tapis de prière en SOIE*, dessin polychrome, fleurs et arbustes sur fond cerise. Jolis médaillon et angles à fond vert clair. Large bordure fond vert et deux étroites fond blanc.

1ᵐ30 sur 0ᵐ97.

218-219 — *Grands TAPIS* à dessin polychrome.

220 — *Tapis de SENNET*, double face et fin, dessin polychrome sur fond blanc.

1ᵐ60 sur 1ᵐ05.

BRODERIES ET TOILES IMPRIMÉES

221 — *Panneau de BRODERIE*, soie bleue claire, brodé fil métal doré et argenté et soie polychrome, vase et fleurs. Bordure soie rouge. Belle pièce décorative doublée.

1ᵐ10 sur 0ᵐ80.

221 *bis* — *Trois belles broderies dites GILETS PERSANS*. Pièces de collection.

222 — *Panneau de VELOURS Persan*, dessin soie en relief sur fond fil métal doré. Pièce doublée.

223 — *Superbe CAPARAÇON*, velours violet richement brodé fil soie doré et argenté dessin compartiment.

224 à 232 — *TOILES* imprimées à destins variés.

233 — *BOLÉRO*, soie blanche brodée soie polychrome. fleurs.

23{ — *Deux TOILES* imprimées.

235 — *Deux COUSSINS*.

236 — *Deux COUSSINS*.

237 — *Broderie de JANNINA*.

OBJETS VARIÉS

238 — *TÊTE de femme.* Marbre.

239 — *CHEVAL.* Bronze.

240 — *FAUNE.* Bronze.

241 — *STATUETTE* de jeune homme. Bronze.

242 — Objets omis.